문 앞에서

문 앞에서

2024년 11월 15일 초판 1쇄 인쇄 발행

지 은 이 | 김우배
펴 낸 이 | 박종래
펴 낸 곳 | 도서출판 명성서림

등록번호 | 301-2014-013
주　　소 | 04625 서울시 중구 필동로 6 (2, 3층)
대표전화 | 02)2277-2800
팩　　스 | 02)2277-8945
이 메 일 | msprint8944@naver.com

값 12,000원
ISBN 979-11-94200-38-3

본 도서는 충청북도 충북문화재단 지원사업 지원금으로 출간되었습니다

김우배 시집

문 앞에서

도서출판 명성서림

시인의 변辯

　어떻게 살아왔는가? 자문자답할 때가 종종 있다. 그럴 때면 그동안 발표한 몇 권의 시집을 슬며시 꺼내 보곤 한다.

　『새텃말 돌배나무꽃』『바람언덕 꽃잎편지』『그녀의 여행가방』 이번에 세상에 빛을 보게 된 『문 앞에서』까지, 사랑과 이별, 기쁨과 아픔을 느린 곡조로 노래한 것들이 대부분이지만 위로와 응원의 박수가 있고 화해를 청하는 용서 구함이 있다.

　마지막 고백이 될 시집 '문 앞에서'를 내어놓으며 단 한 사람이라도 넋두리 같은 나의 시를 읽고 고개를 끄덕이며 가슴을 쓸어내리는 위로가 되었으면 좋겠다. 누군가를 용서하고 누군가에게 용서받아 화해를 했으면 좋겠다. 무엇보다 어리석은 선택으로 후회하지 않는 삶을 살았으면 한다.

　그래야 밤새 나를 알아달라고 엉엉 울었던 게 덜 억울할 것 같다.

이 고통스러운 시 짓기를 왜 하는가? 회의를 거듭하면서도 책상 앞에서 머리를 싸매고 있는 나를 보곤 한다. 내 안에 가득 찬 설움, 뭐 그런 것들을 비워 내야 살 수 있기 때문 아니었을까 싶다.

늦은 나이에 딸아이 시집보내는 심정이랄까 애틋하고 시원섭섭하기 그지없다.

부디 세상에 나가 잘 살기를,

2024. 10. 은곡리에서

김우배

차례

속으로,
아주 큰 소리로 울었다
잠결에도 흐느끼는 건 득음의 여진이다

1부
득음의 여진餘震

해로偕老 1

어쩌다 스친 속살도 내 살로 느껴지는
강요로 시작한
변기에 앉아 볼일 보는 것도 길이 들었는데
없는 듯 있는 듯 지내다가도 없으면 찾게 되는
가려운 구석구석 잘도 알아 긁어주는 사람
버릴 게 더 많은 나를 아직도 포기하지 않은
잔소리로만 들리는 당신의 가르침
이제는 노엽지 않게 들리는데
웃음소리 대신 신음 소리를 자주 내는
설거지하는 뒷모습이 거룩하게 굽어 있구려
전쟁터 같았던 지난날 폐허 속에 뒹구는 기억들
원두커피처럼 쓰긴 해도 향으로 마십니다
잠자리가 앉아 있는 저편 울타리에
둥근 호박이 노을빛으로 익어 가고 있네요

해로偕老 2

　고슴도치로 살아온 세월
　가시에 찔리고 예리한 칼날에 베인 상처가 굳은살이 되었던가요
　알고도 모른 체 지내온 세월
　뿌리째 뽑아내기엔 깊은 상처
　온몸을 뒤틀어야 했던 숨 막히는 날들
　살풀이 굿 장단에 춤을 춰야 했고
　밤새워 쓴 장문의 서사도 휴지통에 버려야 했지요
　숱 많은 검은 머릿결 억새꽃으로 빛나는
　진한 된장국 냄새로 눈을 뜨게 하는
　당신은 지금 어디에 계신가요
　익숙한 것이 싫증나지 않게 하는 당신의 마술이
　이렇게 그리울 수가
　초겨울 양지바른 화단에 철쭉이 피었군요
　봄날 같은 날씨 탓이라던데
　내년 봄에 다시 꽃을 피울 수 있을는지

해로偕老 3

각방을 쓰는 게 자연스러운 관계
존재마저 잊고 지냈던 적금 통장이 아니던가
이부자리 걷지 않아도 되고
마른 수건 개지 않아도 되는
눈곱만 떼고 밥상머리에 앉기만 해도 되는
평범하던 일상이
얼마나 큰 호사였는지
분에 넘치는 행복이었는지
옷깃을 여미게 하는 오늘 아침
어떤 옷을 입어야 할까 망설이며 장롱을 여는데
기다린 듯 달려와
훅 품에 안기는,

철야 기도

돌고 돌아 다다른 곳
지상의 한 귀퉁이에서 피어오르는 빛줄기
온 세상을 밝히네
막다른 골목길
소슬바람에 실려 오는
백합의 향
봄날 뜨락에 피어오르는 아지랑이 같구나
온기 있는 뺨으로
좀 더 가까이 다가오는
그 낯익음
누군가를 향한 애절한 부름인가
다시 일어나라 응원인가
용서를 청하며 갈구하는
거북 등 가슴 사위는
철야 기도인지도

파도 소리

꽃 한 송이 내게 다가와 먼 곳 당신의 마음 전해줍니다
대숲을 지나온 바람과
갑자기 몰아닥친 소낙비에 낙숫물 소리도
내게 보내는 '엄지척'인 줄 압니다
비로소 건네주는 나뭇잎 붉은 연서에서도 만나 봅니다
하늘과 땅의 경계를 지워주는 함박눈은
나 홀로 두고
떠날 때 입었던 순백의 드레스
사계四季의 우주는 오로지 당신뿐
밤하늘 구름 낀 사이사이 빛나는 저 별들의 손짓도
초승에서 그믐까지 전해오는 달의 온기도
잠 못 드는 나를 위한 다독임인 것을 압니다
그래도
가슴에 불덩이 좀체 사그라들지 않을 때 바람으로 달려가
바닷가 백사장에 옹알이 한줌 토닥토닥 묻어 놓고 돌
아오곤 하는데
지금 들리는 저 파도 소리
나의 고해성사인 줄 아시지요

사랑 타령

우물가에서 숭늉 달라고 조르면
급한 대로 냉수라도 한 사발 달라 했지
그게 사랑인 줄 아느냐는
그 사람의 논리는
찬바람을 갈라놓는
창공의 깃발
유치하기 그지없는 반론
수시로 자판기가 되어야 하고
때론 CD기가 되어야 한다고
떫은 땡감을 홍시인 양 하는
아픈 거짓말도 수시로 해야 한다고
지는 게 이기는 거다
좋은 게 좋은 거지
있는 건 다 내어주자
믿으라고 내일이 있는 게 아닌가
라며
장마철에만 물이 흐르는 실개천
제방을 너무 높이 쌓았는가 보다

태풍 그 후

고인 물은 썩는다 하지 않았던가
태풍이 지나간 자리 논밭갈이 하듯 강바닥을 뒤집어 놓
았으니
그래 그러면 되었지

이젠 끝이야
더 이상은 안 돼
다시는 보지 말아야지
다짐을 하며 돌아섰지만 단 하루도 못 버티고
혹시 아무 일 없을까
아프지는 않나
어제부터 꼬박 굶어 배고플 텐데
눈이 안 보이도록 소북, 많이 울었겠지
행여 멀리 떠나지는 않았을까
다시는 못 보는 건 아닐까

동행

어제가 아닌 내일로 여행을 함께 가는
있을 땐 모르다가 없을 땐 찾게 되는 사람
코를 골아도 자장가로 느껴지기도 하지만
뒤척일 땐 밀어내고도 싶은 장난기가 도진다
아플 때 약을 지어다 주고
이마를 짚어 보고 이불깃 올려 주는
내 입에 맞는 반찬을 나보다 더 잘 아는 사람
그런 고마움쯤은 당연한 거라 여겨지는 사이
뻔한 잔소리에
은근히 높은 벽의 두께를 느끼다가도
대신 아파 줄 수 있다고 믿고 싶어지는
아직도 내 눈치를 살피며 옷을 갈아입고
내 방귀 소리에 웃어 주는
미운 게 많은 사랑스러운 여자

부재의 뜰

샤워기 아래에서 "동구 밖 과수원 길 아카시아꽃이 활
짝" 피고 있을 때 주방에서는 우유와 인삼을 넣은 믹서기
가 돌아가고
드라이 소리에 "초록빛 바닷물에 담근 두 손이" 마를 때
쯤 주방의 프라이팬에는 계란이 반숙으로 익어가고 있었지
오늘은 무슨 옷을 입어야 하나
전신 거울 앞에는 팔을 내려뜨린
허수아비들이 멍하니 마주 보고 서 있다
어제부터 실내 온도는 외출 중
겨울 문턱에서 비는 온다는데
내복을 입고 털옷으로 무장을 해도 춥다
자동차 앞에서 키를 찾다가 다시 올라가고
마스크도 챙기질 못해 두 번이나 오르내린다
출근길에 늘 챙기던 텀블러는 포기했건만
20분 지각이다

퇴근길
버릇처럼 노크를 하며 오늘따라 힘에 부친
현관문을 여니
부재의 뜰에 놓인 꽃신에
나비 한 마리 살포시 앉아 있다

바람개비

지독한 열병을 앓고 있는 중
너 말고 나를 위한
그건 위대한 노동
어머니가 되어 가는 고통의 순간 같은
헤아릴 수 없는
참회의 깊은 골짜기에 물 흐르는 소리
혁명의 시간은 끝났다
핏빛으로 물든 강 위로
귀가하는 갈매기들의 혼자 울음
늑대와 개의 시간
그녀는 외출 중
바람
너 없인 아무 의미도 없어

봄비

뜨건 대지를 두드리는 여름날 빗줄기
같은,
내게 하고 싶은 말이 있었던 걸까
가던 길 뒤돌아
소곤소곤 가만가만 조근조근
뒷모습만 보이는 나를 향해
팔이 저리도록 손짓하다
끝내
저렇게 유리창을 두드리며
나뭇잎을 흔들며
초록의 숲 온몸이 뒤틀리도록
그래도 돌아보지 않는 내가
못내 안타까워 흘리는
내가 보지 못했던 눈물일까
아니다
아니다
수선화를 바라보다가
속절없이 봄비에 젖는 수선화
근심 가득 바라보다
가슴 깊은 곳에서 솟구치는
때늦은 내 눈물이려니

물의 길

삶과 죽음은 물과 얼음이라는 위로의 말 건성으로 들었다
그때는,

창밖 저만치서 노란 개나리의 간절한 부름에도 끝내
손 맞잡지 못하고 물이 되어
물의 길 떠나가신 그대여

물은 찔리거나 부딪힐 일도 없으니
무엇보다 아프지 않아 좋겠소
이승에 대한 미련도 저승에 대한
두려움 따위 없으니 또한 좋겠소

끝내 못 미더운 눈으로 바라보던 눈길
　나야말로 한바탕 부질없는 허수아비의 꿈만 꾸었나
보오
　천방지축 뜨겁게 사랑한 모든 것
　세상에 천둥 발가숭이가 된들 부끄럼 모르던
　불만 보면 달려드는 불나비의 삶

　강가에 이른들 물이 되지 못해 떠돌거든
　서럽도록 밉겠지만
　마지막 선물로
　옭매듭 끈 하나 던져 주시구려

횡설수설

몇 년 만인가 이토록 황홀한 노을을 보는 게
그때도 너는 노을이 지고도 한참을 그 자리에 머물러
있었지
알 듯 모를 듯 추상화를 보거나 클래식을 듣는 것 같
았지
넌 이후로도 종종 내게 풀기 어려운 논술 문제를 내곤
했어
그렇다고 정연한 논리 전개로 널 이해시키지 못한
나의 잘못 또한 크다고 생각해
우리 언제부터 서로의 시선을 피하게 되었는지 투박한
기억으로 선명하지 않지만
포기를 모르는 너의 가르침으로 난 지쳤는지도
사랑도 유효 기간이 있다는 건 알고 있었지
유효 기간이 나 때문에 더 짧아졌다는 것도
너 없는 내일과
너의 뒷모습을 봐야 하는
나,

이별 선언

나를 잘 모르는 것처럼 너를 잘 모르겠어
가을 길목
왜 여기까지 왔는지
왜 바라보는 곳이 다른지
왜 서로를 버거워하는지
더 이상
징검다리 아닌 걸림돌이 되어선 안 되겠지
더 이상
울타리 아닌 가림막이 되어선 안 되겠지
누구를 위해 내 살점을 베어 준다는 것
누구를 위해 밤잠을 설친다는 것
거짓이야
시간 낭비일 뿐이야
비로소 눈을 뜨고 날 바라보게 해 줘서 고마워
한순간도 자신을 위해 살아 보지 못했다는 너
여기까지야
너의 이름으로 너의 길
지금부터야

지우개

지우고 지워야 했다
살기 위해 지워야 했다
낙서로 남은 숱한 몸부림
비밀 창고에 가두어 놓은
상흔의 기억들
당신이란 존재의 진실로 인해
비로소
훗날에 알게 된
때늦은 후회
그냥 이대로는 버틸 수 없어
어제와 오늘 지금 이 순간에도
닳고 닳은 지우개로 지우고 또 지웠다
지우면 지워지겠지 지우고 또 지웠다
지우면 지울수록
또렷한 비문으로 다시 드러난
그 선명함이라니
지우개는 묻혀 있던 진실까지를
닦아 냈던 것

기적

차가운 바닥에 무릎 꿇고 두 손 모아 가슴 조아리며
얼마나 절절했던가
초승달이 창문을 두드린다
겨울 바다 파도 소리를 전해 준다
두 번째 깨었을 때도 머리맡을 적시던
파도 소리는 여전했다
가슴 토닥이며 자장가로 듣기로 한다
곧은 가지를 골라 대패질을 했을 편백나무토막
목베개로 벤다
아픔을 위로하는 시도
견딜만하다
이번엔 강이다
겉으론 평온하지만 속으로 거센 물결 일렁이는
강 건너에서 날아오는 화살
화살은 여린 곳만 찾아 꽂히고
성한 곳 하나 없을 때쯤
충혈된 눈으로 거울 밖의 세상을 본다
또 하루의 시작
기적이다
기다리지 않아도 오는 게 기적이었다

첫눈의 향기

동짓달 기나긴 밤
첫눈 아닌 듯 눈은 내리고
백석이 나타샤와 함께 당나귀를 타고 도망간
그날 밤으로 돌아가 눈은 푹푹 쌓이고
길을 삼켜버린 눈은
부끄럼 잘 타는 나를 배고픈 짐승으로 내몰고
눈보라는 사정없이
처음처럼 마지막처럼 싸늘한 볼 어루만지며
베사메 무초 베사메 무초
널 끌어안고 죽고 싶은
눈 내리는 밤
강 건너 산 너머 먼 곳 기적 소리
숲속의 젖은 메아리
그대와 나로 이어지는 슬픈 곡조
질긴 끈 하나 부여잡고 뛰어간다
눈 감아도 보이는 길 뛰어간다
처음을 향해 마지막을 향해

초여름 안부

밥알도 무거운, 염소 뿔도 녹는다는 복날
느티나무 아래 매미 소리 보냅니다
숲에서 건너온 바람과
솜사탕 같은 뭉게구름 함께 동봉합니다
애석하게도 백합꽃은 벌써 지고 없어
산나리꽃 한 송이 대신 보내니 가슴에 심어놓고
내 모습인 양 두고두고 보시구려

결심 전야제

체질에 맞지 않는 술을 마셨다
돈 주고 사서 하는 고행
속을 뒤집고 쥐어짜며
한밤중을 찢는 요란한 소리
다시는,
다시는,
사는 게 좀 쓸쓸하면 어때
사는 게 좀 힘들면 어때
수만 번 조아리고 가슴 두드려 봐도
욕심이었노라 매정한 회초리
손가락 걸고 한 약속
별처럼 반짝이는 추억
지나고 나면 물거품
부질없어라
비우자
내려놓자
놓아주자
아쉬움에 눈물 흘려도
안타까움에 목이 메어도

경칩 초야

겉으론 평화로운 강
한복판에 이르러 잠수를 한다
발이 닿지 않는다
발장구를 쳐보지만
물 위로 떠오르지를 않는다
숨이 가쁘다
여전히 물속이다
가슴이 터질 듯 발버둥을 치는데
여보세요
여보세요
깨어보니 온몸에 식은땀이 흥건하다
보름달 같은 얼굴이 걱정스럽게 내려다보고 있다
이제 각방 쓰면 안 되겠어요

홀로서기

혼자 듣기 거북한
검은 등 뻐꾸기 보채는 소리
외면하며 도리질을 한다
간밤
산을 넘던 파도에 만조가 된 갯벌
떠다니던 부표 흔적 없고
홀로 살까
홀로 살까로
고쳐 듣기로 한다
아니다 마냥
저 시끄러운 네 박자에 흔들릴 게 아니라
거기서 뭐해요
거기서 뭐해요
여섯 박자 위로의 노래 들으러 나서야겠다
지부지처
나를 위하여 건배를 하고
봄날은 간다며
난리 부르스 치다 보면
내 안의 파도 썰물에 스러지겠지

▌지부지처 : 나 홀로 술 마시기(혼술)의 비속어

꽃으로 떠난 그 길 따라

알아 알아
설명은 필요 없어
일찍이 날 떠나 있었음을
파도에 휩쓸려
너의 바다 노 없는 쪽배로 떠돌고
그땐 몰랐지
그게 내 마음인걸
하늘은 강이 되고
강은 바다가 되고
너는 이미 내가 되어 있었던 걸
늦게 아주 늦게
네가 되려 할 때
넌 뒤도 돌아보지 않고
나뭇잎의 영혼 따라
내 하늘의 별이 되었지
붉다 못해 핏빛으로
꽃이 되고자 했던 나뭇잎의 영혼
꽃으로 떠난 그 길 따라
단풍이 밝히는 등불 따라

목련꽃 연가

다 늦은 저녁
가시는 님 배웅 마친 달은 등구나무에 걸려 오도 가도
못하는데
봄바람 머문 개울가에서 손짓을 한다
무슨 새의 울음일까
발자국마다 고이는 마른 눈물
수줍게 웃는 낯익은 모습
목련꽃
나를 불러 세운다
늘 측은한 모습으로 바라보던 근심 어린 미소
누가 볼까 행여 누가 볼까
보폭에 맞춰 한 걸음 뒤따라오더니
나보다 먼저 들어서서 방을 밝힌다
어둠 속에 숨어 있던 트라우마의 깨진 병조각들
흉터를 베기 위해 사각의 벽에서 날름거리는 붉은 혀
날카로운 기억 주워 담다 베인 상처의 선혈 대신 그대
의 향 가득 출렁인다
비로소 내가 짊어진 모든 것 내려놓고
너울너울 춤을 춘다
목련꽃 당신의 손가락 지휘에 맞춰
라르고 라르고 아다지오

부부의 날

생일날 사 왔던 미니 장미가 꽃을 두 송이나 피워 올려
오래가는 게 기특하여 오늘 아침에도 거실에 나오자마자
눈길을 주었는데 외면을 한다
　여남은 개가 훨씬 넘는 화분마다 일일이 눈을 맞추려
했지만 하나같이 눈길을 피한다
　엊그제도 물 흠뻑 주었는데
　아주머니 부재가 내 탓인 양
　애먼 내게 투정이다
　너희도 보고 싶어 토라진 게냐?
　아침마다 바라보던 우암산도 짙은 안개에 가려져 있고
　그러고 보니
　눈길 둘 곳이 없긴 하구나

그때에

오른쪽 어깨에 박혀 있는 파편 하나

잊을 만하면 아프고 참을 수 있을 만큼 아픈 그 자리에 철심 하나 집어넣더니 오늘 새벽엔 하나 남은 힘줄을 끊어져라 당기는 바람에 거실로 비틀비틀 나와 보니 새벽 4시다 오랜만에 촛불을 켜고 싶어 라이터를 찾으니 없다 늘 그랬던 같다

우물쭈물 먼발치서 한 발자국 들여놓으면 그곳인데

알면서도 누가 떠밀거나 손잡아 이끌어 주기만을 은근히 기다렸던가 내 탓은 아니라 했지

그날처럼 오르간 소리에 맞춰 환청으로 들려오는 듣기만 해도 눈물이 핑 도는 성가대의 합창

언제고 그곳에 계셨지만 존재조차 모르고 살았던 어쩌면 애써 외면했는지도 모르는 벽을 향해 단정히 앉는다

가장 높은 곳에 걱정뿐인 당신께 고개를 숙인다

기도서를 펴든다

나는 알고 있었던 거다 내 맘속에 깊이 새겨진
내 어깨의 고통쯤은 고통이라 말할 수 없는
십자가의 길 기도문 14처 마지막 줄 밑에 123장을 노래
하라고 또박또박 쓰여 있다
음정 박자 무시하고 무작정 부른다
어느새 밖이 훤하다

삐딱선

오늘도 넌 노를 삐딱하게 젓는구나
그렇다면 난 멈출 수밖에
멈추는 것보다 더 나쁜 건 삐딱하게 계속 가는 거야
잠시 멈춘 다음 크게 한번 숨을 몰아쉰 다음
먼 하늘 먼 산도 바라보고 그리고 물에 비친 너의 모습
도 보고
이제까지 향해 온 그곳 향해 노를 저어야지
그래야 침몰하지 않잖아
왜냐면 우린 한배를 탔기 때문이야

뜨는 해는 눈이 부시다
찬란하다
지는 해는 천지 창조의 모습이다
아이러니다
그래서인지 노을을 좋아하는 사람들이 더 많다
부활을 믿기 때문 아닐까

2부

노을에 대한 고찰

버킷리스트

은퇴 후
자신과의 약속이었던 바닷길 걷기
사흘 되던 날 장마가 시작되었고
속옷을 말리기도 전 장거리 택시를 불러야 했던
나물 먹고 치실질 했던
불행한 기억
세계지도를 벽에 붙이고 지구본을 돌려보지만
가슴이 떨리기 전 심장부터 조여 오는
공황 장애
까치발로도 보이지 않는 바람의 언덕 너머 지중해를 향
한 깊은 절망 차라리 포기가 희망이었지
자
다시 한번
나를 찾아 떠나자
용서받기 위한 마지막 여정이다
김삿갓의 혼이시여 도와주오
발길 닿는 곳 어디라도 떠나자
더 늦기 전에
이왕이면 양동이를 힘껏 차라

트라우마 1

어디서 왔다가 어디로 사라졌는지
제트기가 파란 하늘을 하얗게 찢어 놓고 갔다
몇 번 뒤척이던 하늘은 커다란 상처를 말끔히 지우고
가을 하늘로 되돌아왔다
흉터도 없다
흉터는 없는데 아픔은 어제 일처럼 또렷하다

트라우마 2

새들이 운다고
그건 네가 울고 있기 때문이 아닐까
노을이 아름답다고
꽃비가 내린다고
가버린 것을 보내 주는
넌 참 행복을 아는 거야
뒤돌아 손 흔들어 주자
문득문득
기억이 날지라도
그때마다 도리질보다
잘 가 안녕
소리 내어 웃으며 인사를 건네자
그리고 숨이 차도록 산을 오르자
마음이 아픈 건
몸으로 다스려야 한다는 걸

트라우마 3

금방이라도 뒷덜미를 낚아채일 것만 같아
바람의 속도로 쫓아오는 자를 피해
잘못한 것도 없으면서 도망가고
여기를 벗어나야 살 수 있는데
아 한 발자국도 떼어지지 않는다
속절없이 식은땀만 등줄기를 타고 줄줄
온몸이 젖었다 흠뻑

공중에 매달아 놓은 외줄타기를 해야 한다
생각만으로 숨이 턱 막히는
하지만 갈 수밖에 없다
뒤를 돌아본다
나 지금 떨고 있니

한 발자국만 내디디면 천 길 낭떠러지
결국 떨어지고 만다
바닥이 보이지 않는다
허공중에 발버둥
오금이 저리다

좋은 추억도 많은데
생각의 끄나풀은
아픈 기억만 길어 올린다
이쯤이면 묻힐 만도 한데
겨울은 이미 한참 지났는데

봄, 돌아오다

아침 밥상에 깃털 한 보시기가 올라왔다
울산 앞바다가 손거울처럼 보이는 언덕에 묻어 두었던
스무 살의 깃털
삼키기엔 고통이지만
뿌리치지 못하는 유혹에 무릎을 꿇는다
드라이플라워,
창백한 숨결이 찬란하듯
일기장이 간직한 순백의 증언은 유효 기간이 없다
부정하고 싶은
비리고 아린 흔적뿐인
켜켜이 쌓인 골방으로부터 탈출은
이제껏 가장 잘한 선택
지금 여기에 없는 이들과 축배를 든다
마지막 고백이라도 쓸 요량으로 모아 놓은 이면지로
고이 접은 종이비행기
새로운 목적지를 향해 날려 보낸다
직립 보행은 현재 진행형
난 돌아가야 한다

시월에

밤을 밝히는 풀벌레 소리 점점
요즘 들어 내 목소리 커져 가는 건
귀가 어두워지는 까닭일까
내 안의 소리는
무시로 철로 위를 달리는 열차
소리를 소리로 지우려
오디오 볼륨을 키우지 않아도 되겠다
풀벌레 소리쯤 자장가다

일출보다 일몰이
봄보다 가을이
한낮의 태양보다 나무에 걸친 저 달이
더 따스한 걸
험한 고갯길
멀지라도 허리춤 빙 둘러 가자
스며드는 아픈 그리움이야
어쩌겠는가

팔결강의 노래

노고지리 하늘 높이 맴돌다
수직으로의 곤두박질
그때마다 내 가슴은 비상 착륙장이 되곤 했다
은빛 모래톱에 금가루 햇살
발등 간질이던 여울의 새하얀 속삭임
배고픔 달래주던 억새의 속살
시집간 누님과의 재회도 팔결강에서 이루어졌고
아버지의 부고도 팔결강에서 들어야 했다
강을 가로지른 다리 밑은
사람들 불러 모으는 인심 좋은 그늘
소년의 시절을 고스란히 포란한 그곳
팔결강
이루지 못한 꿈 조각들
지금도 팔결 백사장에서 반짝이고 있을지도

결은 면적을 이르는 옛 단위, 넓은 들과 연결되어 있어 유래되었다는 게 정설이지만, 내가 어려서는 여덟 곳의 냇가 물이 모여 팔결이라고 했다. 하천이라 하기엔 그 규모가 크기도 하려니와 장마 때 흐르는 물의 양을 보노라면 여느 강 못지않은 위엄이 있다.

패키지여행

수학여행을 떠나는 학생이 되기로 한다
선생님 호각 소리에 발맞춰 떠나는 소풍이기도
운전대에 잠시 손을 놓아라
지나치는 풍경에 시름을 흩뿌리며
어디 가서 무엇을 할까
점심 메뉴는 무엇으로 할까
선택에서 자유로우니 공기처럼 가볍다
이제 보니 일상 속에서 스스로를 옥죄는
자유의지가 구속이고 억압이었나 보다
시키는 대로 하고 가리키는 대로 가면 되고
주는 대로 먹고 보여 주는 대로 보고
자유인이라 외치던 내 안에
노예의 근성이 잠자고 있었나 보다

나

세월이 무심히 지나간 그 자리에 선명한 그리움은
미이라가 되어 두 눈 부릅뜨고 나를 바라보고 있다
화해와 용서를 위한 기도의 응답으로
낯익은 향기로 되돌아왔다
향기에 취한 나는 그곳에 없었다
새 옷으로 갈아입고
한 번도 가지 않은 길을 향해 걸음을 옮긴다
우물의 깊이로 나를 나보다 더 사랑한 사람
모르고 지나온 무심한 바람결에 쓰러진
나이테 선명한 그루터기
이미 내가 되어버린 당신만이
덩그러니 그곳에 남겨두고

건강검진

누군가는 통과의례로 지나가건만 건강검진 날짜를 받아 놓고 씨줄 날줄 얽히고설킨 근심으로 남몰래 한숨만 내쉰다
전날에는 식은땀까지 흘려가며 하얗게 밤을 지새웠다
내게 물어봤다
왜 불안해하는가
죽는 게 두려워서?
주변의 얼굴들, 이름들이 주마등처럼 스쳐 간다
아내가 진단받던 날
초음파 촬영기사가 고개를 좌우로 내젓던
지우고 싶은 모습 면도날이 되어 떠오른다
수면 내시경 하다 아예 영원히 잠들어 버리면?
왜 이리 약한 맘을 먹는가
혼자 다독여도 보다가
에이 할 수 없는 거지 포기도 해 보다가
두 손 모아 본다 혹시 모를 일이지
비상 연락망 메모지로 남겨두고 검사실로 들어갔다

"지방간이 좀 있네요. 대장에 용종 하나 있는 건 떼어냈습니다"

봄마중

모퉁이 돌아 첫 번째 나타나는 그 집 정원엔
봄부터 가을까지 색깔과 향을 달리하며 꽃들이 피어난다
오월이면 담장을 휘어 감으며 피는 울타리 장미꽃은 성
곽을 에워싼 근위병 같았지
상상으로도 즐거웠다
저 안에 사는 사람은 꽃처럼 화사하고 향기로울 거야
그 사람 옆에만 가도 꽃이 될 것 같은
걸음을 멈추고 한동안 담장 안을 기웃거렸지
내 마음을 알아챈 건 그 집 정원에 묶여 있는 개였다
사납고 영리한 족보 있는 개새끼가 들뜬 마음을 물어뜯
긴 했지만
그런 건 아무렇지도 않았다
물론 이후로도 봄마중은 이어졌고

노을 만찬

도토리 키재기로 살아온 벗님네들

오랜만에 마주 앉은 노을빛 창가 식탁에는 푸짐한 밥
상이 차려져 있지만 밥 대신 노을잔만 따르고 마시느라
분주하다

나는,

한 달 전에 갑자기 왼쪽 귀가 안 들려 전화를 받는데
말소리가 끊어져 전화기 고장인 줄 알았지

나는,

어금니가 아파 잘 씹지도 못해요 잇몸이 약해서 임플란
트도 어렵다 하고

나는,

어제 주차해 놓은 차를 아침마다 찾느라 헤매는가 하
면 냉장고 앞에서 서성대는 게 한두 번이 아니야

나는,

오늘도 무릎 연골주사 맞았는데 오른쪽 어깨 힘줄도
끊어져 옆으로 눕지를 못해

어느새 노을은 도심 불빛에 묻히고 석 달 열흘 가뭄 끝
에 단비가 내린다

살아 있으면 또 보겠지 억지 미소 나누며

골목길 어둠 속으로 하나둘 사라진다

오늘 밤엔

오늘 밤엔 불을 켜지 마라
어둠의 빛 타고 찾아오는 이 있으니
내 그를 맞아 어둠 속에서만 흐르는 강물에 배 띄우고
뱃놀이나 하리라
장막을 드리우고 소리도 닫아걸고
오롯이 흐름 속에 실려
이심전심 다 알고 있었던 이야기
기력이 다하도록 나누고 또 새기며
그와 나 한데 섞여
세상 끝 날을 향해 흘러 흘러가리

새우깡의 비애

어제도 차려 먹은 아침상인데
냉장고 앞 서성이며 맘만 분주하다
우유를 먼저 데워야 하는지
계란이 먼저인지
빵이 없으니 떡으로 대신해야 하나
야채수프가 맛이 간 것 같은데
버려야 하나 그냥 먹어야 하나
빈속에 커피 마시는 건 아무나 하는 게 아닐 듯
혼자 먹는 해장국도 길이 안 들어 망설여진다
혼자 해 먹고
혼자 잠도 자고
어차피 홀로 가야 하는 건데
새우깡은 오늘도 홀로서기 힘들다

바람의 무게

때론
깃털처럼 가볍다가 바위처럼 무겁기도 한
바람의 무게
모든 꽃의 향기는 다 같을 것이라는
거듭된 시행착오
바람으로 남은 그대의 무게
어찌 가늠이 될까
산 넘고 강 건너 세월 지나도 내려놓을 수 없는
끝까지 내가 지고 가야 할
나의 무게인지도

무심천 억새

무심한 한나절이 흐르는 무심천 샛강
낯익은 뒷모습
엉킨 머리 손가락 빗질
나를 부르는 바람의 몸짓
돌아설 듯 돌아설 듯
한 번만이라도 뒤돌아
날 좀 보아다오
한시도 못 잊는 모습에 놀라
비틀대며 서 있는 나와
눈 마주치기라도 한다면
오 그대여
두 팔 벌려 뛰어가
가슴 가득 안아 줄 텐데
싸늘하게 언 뺨 부비며
다시는 놓지 않으리
헛된 다짐은
차가운 눈물인가 빗물인가

독수리의 부활

독수리는 다시 태어나기 위해 죽음을 택한다
천 길 낭떠러지 절벽으로 서 있는 바위를 향해
몸을 던지고 또 던진다
무디어진 부리와 발톱을 새것으로 갈아치우기 위한
죽어야 산다
짙은 안개에 싸인 계곡은
부활을 위한 처절한 몸짓에
무언의 응원으로 지켜보고 있다

티브이에선 해설 대신 귀에 익은 올드팝이 흐르고
러닝머신 위로 떨어지는 땀방울
이까짓 것 아무것도 아니지

옹이

어제의 그림자
왜 즐거운 건 지워지고
아픈 기억만 펼쳐질까
되돌아보면
흘러간 강물인데
숲을 스쳐간 바람일진대
어제도
강은 새로운 강물을 흘려보내고
오늘도
숲은 새로운 바람을 스쳐 보내고 있는데
과거는 옹이와 같은 것
흘러간 흔적일 뿐
저 푸른 나무를 버티게 하는 건
옹이가 있기 때문 아닐까

변하는 건 축복이다

나도 그런 줄 알았지
뒤척이다 보면 아침이 오는 거고
호호 입김 불다 보면 봄 오는 거라고
어쩐지 샛강에 철새들 옹기종기
잿빛 하늘만 쪼고 있더라
중천에 뜬 저 달도
자꾸 구름 속으로 숨바꼭질하더라니
이러다 봄이란 징검다리 건너지도 못하고
바로 여름이란 장강을 만나야 하는 건 아닌가
아 그랬어
종달새도
백사장 위 아지랑이도
그 모습 못 본 지 참 오래됐지
그래서일까
봄이란 그 살뜰한 날갯짓도
이제 시들해
흔들림도 이제 잠잠해져 가고

감자의 경고

아파트 뒷 베란다 구석
'하지'날 천지가 대노大怒할 변이 일어났다
원인을 제공한 건 순전히 대충 살아온 인생 여정의 반
증이기도
어언 1년여 세월이었나 보다
그동안 소리소리 지르는 걸
발버둥 치며 몸부림치는 걸
몰랐다 모르고 있었다
햇빛 하나 없는 감금 생활이 얼마나 원통했을까
박스를 열어보니
순례자의 수염처럼 새싹과 뿌리가 자랄 만큼 자라 있
었고
보란 듯 기적같이 새끼 감자도 달려 있었다
어머니
어머니
칠 남매를 키워 낸 어머니의 쭈글쭈글한 젖꼭지를 보
았다

늑대의 추억

그 무렵 늑대의 시간이었을 게다
비린내 나는 발자국 찾아 어슬렁
밤거리
푸른 날의 승전보가 전적비로 남아 있지나 않을까
의기양양 어깨를 펴 보지만
힘줄 끊어진 오른쪽 어깨가 조여 온다
간신히 비집고 들어선 골목길엔
코를 마비시키는
고약한 시궁창 냄새뿐
추억이라 하기엔
허탈하기 그지없는
그건 공중에서 맴돌던 헛발 차기
불모지에 뿌린 풀씨였으니
이유 없는 분노 치기였을까

가슴을 친다
뒤적이는 장면마다 피할 수 없는 독화살
바람이 차다
축 처진 아랫배
무디어진 송곳니
눈곱 낀 눈에 비치는
빛 좋은 개살구
어금니로 쓰던 사랑니마저 흔들린다

허수아비

겨울 들녘 한복판
러닝 차림의 사내
억지 외면 아래 누렇게 바래 가고 있다
짧은 햇살 스쳐 지나는
구멍 뚫린 밀짚모자
발 시린 철새의 쉼표
흔적으로 굳어 가고
바람의 기적만 휑하니 맴도는
텅 빈 가슴
무덤까지 가져가야 할
생의 비밀만 들락거리고
추억 대신 쓰디쓴 과거
살아 백 년 죽어 천년 가는
후회
근거 없는 도발
시도 때도 없는 공격
한 모금의 자비도 없다

노인이 된다는 것

누군가는 서글프다 하지만
노인이 된다는 것 얼마나 감사한 일인가
이사하기 전 집 정리하듯
낡은 것 헤진 것
아까워서 버리지 못한 것
쓸모도 없으면서 남 보여 주기 위한 것들
쓰지도 않으면서 은밀한 곳에 감추어 둔
부질없어라 체면치레
채워도 채워지지 않던 욕심의 잔재들
버리고 버려도 버릴 것이 어디 한두 개던가
버리고 치우고 쓸어내면
이 얼마나 시원할까
계절 옷 몇 가지
손님처럼 언제든 떠날 수 있도록
마지막 편지가 들어 있는 손가방 하나
머리맡에 놓아두자

시간여행

느긋한 평화와 사랑의 충동까지 곁들인
최후의 만찬
바다는 반전의 약속을 어기지 않았지
마음을 들키지 않으려고
두터운 외투로 알몸을 감싸고 인파 속에 묻힌다
누구도 나를 궁금해하지 않는다
내 무서운 눈초리만 나를 샅샅이 탐색할 뿐
우연은 없었다
저 검푸른 파도의 발원지가 이름 없는 산속이듯
아 어쩌란 말인가
바로 저기가 종착지
다시 시작할 수는 없다
고추 먹고 맴맴
청춘을 불사른 그 바닷가
시간 여행은 어지럽다
쓰러질 것 같다

가을 안테나

1
풀벌레 소리
새소리
바람 소리
시계 초침 소리
사각의 벽 안과 밖
가을밤 숨소리 모두 모아 들려주는
안테나 성능 참 좋다

2
속 비워 내주는 들녘
하루가 다르게 변해 가는 산 빛깔
강의 물결로 흘러만 가는데
소식 한 장 없다
조바심으로 안테나 한 칸 더 뽑아 올려 본다

3
꿈인가 생시인가
비몽사몽 전해 온 답신
살아 있는 것만으로 아름다웠다오

닫힌 문 앞에서 비로소 나를 찾았다

3부

문 앞에서

항구

희망 고문으로 긴 숨 몰아쉬는 그물망
내일을 덧대어 꿰맨 그물코로 위로의 바람이 지나고
만남과 헤어짐
이제는 익숙해져야 한다
석양은 썰물과 함께 너울너울 흔적을 거두어 가고
어스름이 항구를 토닥인다
낡은 고깃배의 옹알이
목쉰 노래
등대 불빛이 분주하게 퍼 나르고
자동차 폐타이어로 상처를 싸맨 부둣가
끊어질 듯 이어지는 추임새 가락
안주로 준비한 새우깡 갈매기 떼에 쏟아주고
수평선 저 너머 영원한 그곳을 향해
건배
소주병 들어 나팔을 분다
여기까지
마침표로 부서지는 파도

낮달

눈 위에 새겨진 어지러운 발자국
허~이 허~이
가쁜 숨 노랫가락 뽑으며 고개를 넘는다

벗은 나뭇가지에 눈부신
순백의 그 향
낮술이 당긴다

온기라고는 없는 주막집
탁자 위 가득 부은 술잔에
낮달이 창백하다

두 손 모아 그러잡고
푸른 기억들 털어 넣는데
삼켜진 낮달이 뜨겁게 부푼다

가로수 길

가을바람
그 위대한 지휘자의 몸짓
난 붉게 사랑한 죄밖에 없노라
불가마에 던져진다 해도 후회는 없다
나의 영혼은 한 마리 작은 새
비상의 날갯짓
위로 아래로 좌로 우로
소용돌이치는 아우성
거룩하신 구원의 손길이 거두어 가기 전에는
시월 내내
가로수 길
이승의 화려한 마지막 시위는 이어지리라

사랑산

사랑산은 손짓하네
운무 속에 숨겨진 시간의 빛으로
천년의 숨결 찾아 모여든 도자기의 후예들
고려인의 찬란한 손길이 살아 있는 이곳
피난민이 숨어들고 나서야 비로소 전쟁이 난 것을 알았던
하늘 아래 은혜로운 땅 사랑산 품 안의 고을 사기막골
사랑은 이런 거야
두 개의 소나무 하나가 된 연리목 있어 사랑산이라
아무리 가물어도 꼭 그만큼의 소리로 흐르는 용추폭포
머리 풀어 헤친 저기 보이는 옥녀봉이 아기봉의 몸이라
도 씻겨 주지 않았을까

사랑산이 부르는 노래
사는 게 힘들고 지친 날이면 사랑산으로 오라
그리움에 목마른 이들이여 사랑산으로 오라
정상에 우뚝 서 사방을 보노라면 버거운 짐 내려놓게
되리
경계를 지우는 그림 같은 풍광
모든 시름 근심 씻어 주고
예까지 살아오느라 수고했다는
사랑산 한 줄기 바람이 건네는 위로
무릎 꿇은 그대
툭툭 털고 다시 서게 하리

> 사랑산 : 충북 괴산군 청천면 사기막리에 위치한 산
> (해발 647m)

목련꽃 차를 마시며

창가로 돌아눕기만 하면
한눈에 들어오는 풍경
안개강
기억의 여울 스멀스멀
머리맡까지 적시다가
코끝까지 와 출렁인다
내 힘으로 일어나 물을 끓이고
아침을 맞이하기 위해 손을 씻는다
어제와 같지만 또 다른
하루의 기적을 주신 절대자에게
무언가 보답하고 싶어 서성이다
커피 대신 목련꽃 차를 준비한다
아 이것은 나도 어쩌지 못하는
원죄의 향
내 입술이 먼저 찻잔에 닿는다

한글날 유감

야트막한 구룡산 자락 산안개 걷히면
뻐꾸기 소쩍새 뜸부기 꾀꼬리 철 따라 울고
꼬불꼬불 과수원길 다랑이논과 두꺼비 방죽
지붕을 맞댄 마을엔 이웃사촌 햇살처럼 모여 살았지
빨간 깃발 노란 깃발 꽂히고 난,
그 후
푸르지오, 힐데스하임, 베르디움, 휴먼시아, 코아루 오피
스텔, 이마트, 홈플러스, 아울렛, 메가박스, 뚜레쥬르, 파
리바게뜨, 스타벅스,
위용을 뽐내며 하늘을 찌르고
거리엔
벤츠, BMW, 아우디, 폭스바겐, 푸조, 랜드로바, 포르쉐,
렉시스, 혼다, 테슬라가 쌩쌩 바람을 가르고
그 어느 곳에도 태극기는 보이지 않았다

운명

웬만한 가뭄에도 마르지 않는 계곡에는
자유로운 영혼을 가진 물고기들이 무리 지어 살고 있다
돌 사이를 오가며 평화롭게 살아가던 물고기들의 세상
에는
수시로 알 수 없는 일들이 벌어진다
돌 틈이나 풀숲을 헤치는 맨손에 잡히기도 하고
족대나 어항을 놓기도 하고 투망이나 배터리로 지지기
도 하며
심지어는 소리 내며 흐르는 계곡 한복판을 돌로 막아
둑을 쌓고 물을 퍼내면 바닥이 드러난 계곡에 파닥이는
물고기들
살겠다고 몸부림치는 것들을 하나둘 주워 담는
물고기 세상의 대형 참사가 벌어지기도 한다
왜냐고
왜 하필 나야 하는가 라고
목메게 외치지만 대답해 주는 이 없다

장사해변

여름날 소낙비로도 꺼지지 않던 화염이 지나간
장사해변에 촛불이 켜져 있다
혀를 끌끌 차며 바라보는
깊이를 헤아릴 수 없는 속내
수없이 할퀴고 짓밟힌 지난날
탄식으로도
더 큰 회한으로도
다스려지질 않아
내 탓이요
내 탓이요
바람으로 씻어 내고
빗줄기로 쓸어내려
몽돌의 신화인 파도의 손길로 토닥인다
언제 그랬느냐 겉으론 무심한 척
몸 사르며 타오르는 촛불은
오늘도 어둠을 밝히고 있다

봄날은 간다

봄날은 이제부터인데
이제 막 여기저기
매화가 개나리가 진달래가 벚꽃이
살포시 고갤 내미는데
봄이 다 오기도 전에
봄날은 간다며 안달이다
연분홍 치마가 휘날리기도 전에
봄날은 간다며 운다
누가 볼까 가슴으로 울다
뺨 타고 흐르는 눈물 주체 못 하고
주저앉아 펑펑 운다
누군가가 자주 흘리던 눈물 참 뜨거웠지
나도 따라 운다
요즘 들어 툭하면 운다
울고 나면 좀 시원하긴 하다

거울

농협 건물 옆 농자재마트
노인이 난로를 끌어안고 졸고 있다
몇 번이나 망설이다 작은 소리로 노인을 깨운다
조선낫 사러 왔어요
앓는 소리 함께 우두둑 무릎을 펴며 낫을 건넨다
카드 결재나 할 수 있을까 해서 카드 되는가 물었더니
농업인이면 이름을 대란다
아무개라 했더니 재차 묻는다
이 양반이 귀도 먹었나 생각하는 찰나
야 나 거시기여
그제서 얼굴을 뜯어보니 하세월 건너 얼굴이 보인다
국민학교 동창생 녀석이다
그의 얼굴에서 이제껏 보지 못했던
나를 찾아냈다

일상의 반란

오늘도 한 땀 한 땀 내려치며
원석을 깨는 고요함
한밤중 더욱 신중한
귀 기울이지 않아도 간절하게 스며드는
해조음 기도 소리

구부러진 곳 펴고 길고 짧음 없이
모난 곳 다듬고
낮은 곳 더 낮은 곳으로
없음에 있음으로 있음에 없음으로
시작이 어디이며 끝은 어디인가

산만했던 하루 형체도 없이
케케묵은 흔적들의 사체와 둥둥
변심으로 허물어지는 사각의 벽
담장을 넘는다
결코 그물에 걸리지 않는
바람 바람이다

갈대의 순정

이별은 늘 서툴기만
만남보다 이별을 먼저 알긴 했지만
나이 들어서도 이별은 버겁기만
갈 곳 잃은 발길
제자리걸음
마음만 분주하다
거울에 보이는 내 얼굴이
내가 아닌 나처럼
피해도
숨어도
떠밀어도
찾아오는 이별
이별은 차가운 심장
머리 풀어 헤쳐 온몸으로 흐느끼는
너의 속마음 점자로 읽는다

부부 싸움 백서

살다 보면 부딪히기 마련

아내들이여

참고 참다가 뚜껑이 열리거든 그럴 때는 오징어 안주에 맥주 한 캔 원샷 때린 후

차분하게 조목조목 "오 노우" 할 때까지 기승전결 썰을 풀며 눈물 흘리는 연기도 해야 합니다

그래도 상대방이 감동을 하지 않거든 가냘프게 떨리는 목소리로 하소연도 하고 푸념도 하다 가급적 부서지지 않는 것으로 집어던져도 됩니다 그러나 반드시 지켜야 할 게 있습니다

손톱으로 긁어서는 안 됩니다 진짜로 폭발을 해도 안 됩니다

집을 나가서도 안 됩니다

아내를 화나게 하는 세상의 남자들이여

억을하더라도 일단 져 줘야 합니다

소리가 높아지면 잠시 자리를 피해 열이 가라앉을 즈
음 아이스크림 사 들고 와 건네며 먼저 미안하다고 해야
합니다

그걸 행동으로 표현해야 합니다

승자도 패자도 없는 게 부부 싸움

가정의 평화를 위해

아 그래 알았어 내가 잘못했어

뿌리치는 아내를 슬며시 안아 주는 겁니다

아내를 이기려고 하는 남자는

쪼다 중의 쪼다입니다

웅덩이 샘물

누가 그리 깊게 파놓았는가
바닥이 보이지 않는 웅덩이
건널 수도 없는
그 언저리에서 맴돌며 주저앉아 가슴을 두드려도 보고
다른 길은 보이지 않아 발 동동 구르며 숨 몰아쉬던
두려움만 주던 그 웅덩이가
나를 살게 하는 지혜의 샘이었음을
두레박만 내리면 생명수를 길어 올릴 수 있었던 것을
이제 알게 되었으나 그리 늦지는 않아
도리질로 지워지지 않는 어제의 일
모른 체 하기엔 너무나 선명한 상처
잠시의 위로는 가슴에 못을 박는 망치질뿐
앞을 가리는 길게 드리워진 어두운 그림자
커튼처럼 걷을 수도 없는
안타까움만 주던 그 그림자
고쳐 앉아 나를 들여다보라
그곳에 깊은 웅덩이는 맑은 샘물이었으니

내일

낚싯대 드리우고 그물로 걷어 올렸으나
그건 제철 푸르게 지나간 낙과였다
행여 누군가의 발길질에 나뒹굴지 않도록
모퉁이 담벼락에 토닥토닥 묻어 두고
설운 잠에 깨어 묵을 갈아 삐뚤빼뚤 글씨를 쓴다
내일
대충 살아온 껍질뿐인 삶
잠들지 못하고 서성여도
돌아보지 마라
앞만 보고
못 본 체하라
햇볕 한 줌 끌어다 여기부터 이정표를 세워라

갈참나무 아래서

들이켠 숨 내쉬며
하루 세 끼 맛나게 먹고
가고 싶은 곳으로 더 늦지 않게 떠나자
책임을 먼저 생각하는 자유로움 알았으니
이제 가능한 것만 상상하자
품어 안을수록 기쁜 가족과
울타리 같은 형제와
버팀목 같은 친구들 있으니 외로워 말자
계절의 옷 갈아입는 숲속의 세월
생각 수록 그리운 사람
만나지는 못해도
맘껏 그리워할 수 있지 않은가
되돌아갈 집과
칼국수값 먼저 낼 수 있는 작은 지갑 있으니
나의 십팔 번 '인생은 생방송' 부르며 가자

개판

넌 그르다
넌 아니다
넌 다르다
넌 어둡다
넌 문제다
넌 악이다
넌 불이다
넌 강요다
넌 아집이다
넌 썰물이다
넌 모순이다
넌 충돌이다
넌 부정이다
넌 불륜이다
넌 장애물이다
넌 걸림돌이다
넌 없어져야 할 적이다

네 편 내 편 갈라놓고 찢어 놓고 물고 뜯는
주인도 몰라보는 변종 개들의
진흙탕 아귀다툼 패거리 싸움
보기도 듣기도 싫은 정치판 뉴우스

가을 심판의 날에

올해도 대추 한 개 달리지 않았다
내년엔 달리겠지 기다려 온 세월이 10년
봄에는 쌀눈 크기의 꽃이 피었었다
웬일일까
베푸는 삶을 사는 상구형네 담장 안 대추나무는 장대
만 들어도 후드득 떨어질 정도로 영글고 있는데
하늘을 본다
가을을 거두지 못하는 농부를 바라보는
그 품 너르고 높다
하지만
돌아오는 장날엔 새 톱 하나 장만해야겠다

낙엽

네게 전하고 싶었던
속으로 삭힌 사랑
생의 끄트머리 홀로
끝내 꽃이 된 영혼으로 피었다가
이제는 내려놓고 비워두고
훨훨
미련도 없다 후회도 없다
정처 없이 떠나는 날갯짓

종착역

길을 가는 사람들의 발걸음이 분주하다
느릿느릿 빠르게 달리듯 더 빠르게
걸어가는 모양도 가지가지
같은 방향도 있고 교차도 하고 가로지르기도 하며
다들 제 갈 길을 간다
갈 곳 없고 기다리는 사람도 없는 나만 갈림길에서 머
뭇머뭇
어디로 갈까
가로등 빛을 안고 떨어지는 낙엽이 발을 멈추게 한다
아서라
길을 삼키듯 서둘 것 없다
종착역은 같은 곳
한 번뿐인 소풍 길 아니던가

꽃들의 안락사

매화,
자고 나니 없어졌다
저만치 바람과 함께 이별의 왈츠를 추고 있다
동백,
자객의 짓일까 스스로의 짓일까
송두리째 베어져 선혈이 낭자하다
장미,
은장도 가시를 휘두르던 지조는 어쨌는가
속옷까지 벗어던지며 알몸으로 드러눕다니
능소화,
향기는 빼앗겼는가 주고 왔는가 애끓는 청춘 소낙비에
안겨 가장 낮은 곳에서 나뒹구는구나

꽃으로 피어 꽃으로 남고자 안락사를 택한 꽃들의 영
혼이여
삼가 그대 꽃다운 일생에 찬사를 보낸다

성탄의 날

미운 사람
서운한 사람
그리운 사람
용서하고 용서받으며 모두를 사랑하게 하소서
이웃들은 올려다보고
나는 아래로 내려 보게 하소서
춥고 배고픈 사람과 나누고
아프고 외로운 사람 위로하게 하소서
그보다 먼저
세상의 빛으로 오신
구유에 누운 아기님께
깨달음의 꽃 한 송이 바치게 하소서

코로나 시국 선언

바람 인형이 넘쳐나는 세상의 골목 골목길 공포로 술
렁인다
원자폭탄 위력을 가졌다는 코로나
할머니 할아버지 어머니 아버지 사돈의 사돈 삼촌 고
모 외아들 외동딸
다 걸린다는 오미크론의 광풍이 인간 시장을 휘몰아친다
여기저기 흩어진 숱한 낙엽들 한곳으로 모아 비질로 싹
쓸어 버린다
끝이 안 보인다
노아의 방주가 생각나는 요즘이다

이상한 빨래

혼자 살다 보니 빨래를 쉽게 하는 요령을 터득했다
빨랫감은 모아두면 안 된다
그래서 나는 아침 샤워할 때 빨래를 한다
전날 입었던 속옷과 양말
세상에서 묻은 때와 내 안에서 불거진 욕망의 때
욕실에 함께 넣은 다음
향 좋은 샴푸로 어푸어푸 머리를 감으며
보디워시로 뽀득뽀득 육신을 씻으며
발로는 빨래를 질겅질겅 밟는다
그러고는 이것저것 뒤섞여 부글부글 거품에 빨랫감 휘
휘 몇 번 저어주다 새 물 받아 헹굼 하면
빨래 끝

문 앞에서

어느 날
드나들던 문이 닫혔다
두드리고 당기고 몸부림쳐도
응답이 없다
굳게
닫힌 문 앞에서
나를 갈기갈기 찢어
바지랑대 높이 빨랫줄에 펼쳐 널어놓는다
이승에선 마르지 않을 듯
잘게 부수어도 남아 있을
지울 수 없는 흔적들
주섬주섬 개어 트라우마 가득 담긴 가방에
꾹꾹 눌러 담는다

눈을 감는다
얼마 만인가
감은 눈 저 건너
닫힌 문 저 너머
한 줄기 빛이 보인다

한로 寒露

익은 과일만 골라 수확하는
알찬 곡식만 거두는 이 계절에
사막의 죄를 짓지 않는 용기를
사막의 죄를 가려낼 수 있는 혜안을
해뜨기 전 찬 이슬에
촉촉이 젖은 풀잎이 되어
깨닫게 하여 주소서
그리하여 이 길고도 먼 사막의 길을
사랑하는 이들과
노래하며 건너게 하여 주소서

> 사막의 죄 : 사막에서 물이 있는 곳을 발견하고도
> 사람들에게 알려주지 않는 죄

나와 너
우리들의 이야기

4부

강 건너 사람들

강 건너

나도 한때는
강 건너 이쪽에 있었습니다
강 건너 불구경하며
끌끌 혀를 차는
불어난 강물에
떠내려가는 돼지와
떠내려가는 세간살이를 보며
아이고 어쩌나 저걸
발 동동 구르는
돌아서면 이내 잊어버리긴 했지만
나도 한때는
강 건너 이쪽 사람이었던 거지요

사랑론

내가 너무 아파서
당신의 아픔을 헤아리지 못했습니다
내 상처가 너무 깊어서
당신의 상처는 너무 먼 얘기로 여겼습니다
내 아픔을
내 상처를
당신의 아픔으로
당신의 상처로 다스리게 될 줄
내 아픔 정도는 아무것도 아님을
당신의 상처보다는 하찮은 것임을
사랑을 떠나보내고 나서야
사랑을 알게 되었습니다

왕거미 1

그에게는 타협이란 없다 탐욕의 거미줄만 가득하다

처마 밑에 끈적거리고 촘촘한 거미줄을 쳐놓고 왕방울만 한 눈을 쉴 새 없이 굴리며 먹잇감을 기다린다

먹잇감의 종류는 특정한 게 없으며 걸리는 모든 것을 먹어 치운다

머리부터 다리까지 분해하여 흔적도 없다 배 속에는 저장고만 있고 배설기관이 없는,

소화기관의 용량이나 구조 기능에 대해선 특별한 연구가 필요하다

여기저기 처마 밑에 그물로 쳐놓은 거미줄이 서너 곳은 족히 넘을 듯

이쪽에서 걸리는 게 뜸하면 다른 곳으로 간다

그의 표정은 납으로 만든 가면에 가려져 알 수가 없다

왕거미 2

가을 허공엔 그물이 많이 쳐져 있다
살피지 않고 직진만 하다간 낭패를 본다
얼굴이 통째로 걸려들 때도 있고
가슴에 안기기도 하지만 그건 가슴을 도려내기 위한 전
략이기도 하다
거미줄을 떼어 내는 일이란
지워지지 않는 기억들이나
내려놓기 어려운 삶의 무게만큼
힘에 부치는 일이다
먹이를 기다리는 포식자의 긴장
그 끈끈한 그물이 출렁이자 쏜살같이 달려온다
어디부터 먹어 줄까
글쎄 글쎄
큰 머리를 통째로 굴린다
어제도 스치듯 지나가기만 했는데도
목덜미가 섬뜩하다
가을이 출렁하고 내려앉는다

청장님의 인생 2막

봄 날씨같이 인상이 참 좋은,
청장님이라 부르면 화들짝 놀라며 손사래 친다
이 씨 아저씨로 불러 달라 사정을 한다
출근하자마자 현관 탁자 위에 손 소독제부터 챙겨 놓고
아들딸뻘 직원들에게 코로나 난국에 고생 많다며 함박
웃음 지으며 구척장신 허리 접어 먼저 인사를 한다
쇼핑백에 담아 온 작업복 갈아입고 작업장에는 일등으
로 짠하고 나타난다
점심시간 때면 식당에 먼저 내려가 식탁 닦고 반찬 수
저 세팅을 해 놓는 게 즐겁다는
직원 생일날엔 아껴둔 포인트로 샀다며 케이크 선물하고
더울 땐 쉬었다 하라며 아이스커피까지 사다 준다
회사를 오가는 길
틈이 날 때마다 비닐 봉투에 집게를 들고 나서는 이 씨
아저씨의 손길에 담배꽁초 하나 없는 오송생명 9로의 길
이 안마당처럼 깨끗하다
대표님이 말려도 막무가내
언제나 웃음 가득한 이 씨 아저씨
그가 옮기는 행복 바이러스에 사무실도 직원들의 얼굴
도 환하다

매화가 피던 날

'아들네 요양원'의 낮과 밤
식사 시간이 낮인 거고 나머지 시간은 밤인 거다
며칠 전에 새로 들어오신 할매
먼 곳 바라보는 시선 말고는 크게 편찮으신 곳 없다
스무 평 남짓한 공간에 숲속의 침묵이 흐르고
저기 저 강을 건너기 위한 조각배를 기다리는 중
기다림에 지쳐 시든 풀잎처럼 누웠는데
신입 할매 홀로 침상에 앉아
창가에 핀 매화 꽃송이에 흐린 앵글을 맞추려 애를 쓴다
봄볕이 화사하던 그날 오후
어디선가 나지막이 들리는 소리
신입 할매가 머리끝까지 이불깃 당겨 덮고
귀에 익은 신음
마른 계곡을 적시는 소리
이상한 느낌에 다가가던 요양사
가던 발길 급히 멈춘다
얼굴에 홍매가 핀다

나쁜 기도

앞으로 나아갈수록 깊이 더 깊이
빠져버리는
사방은 온통 썰물이 지나간 갯벌
눕지도 서지도 못합니다
저만의 힘으론 그이를 놓을 수 없으니
가는 발길 돌려놓게 하소서
시시각각 저를 생각나게 하여
저를 향하도록 하여 주소서
다른 곳에 눈 돌리지 못하게 하시고
저만을 생각하는 마음
용광로처럼 펄펄 끓게 하소서
언제 어디서고
저에게 돌아오는 발걸음 재촉하여 주소서
벌을 받는 건 훗날의 일
지금은 제 기도 들어 주소서

저울질

슬하에 아들 둘에 딸 둘
아들 타령하다 남은 재산 아들에게 모두 넘겨주고
기력 없어진 지금은 천덕꾸러기로 키운 막내딸 의지하
며 산다 지척에 산다는 이유로 아침이면 일어나 딸 집으
로 밥 먹으러 가신다 어쩌다 입에 맞는 밥상 차려주면 잘
먹었다 한마디 던져 주지만 그렇지 않은 날은 뒤도 돌아
보지 않고 문 꽝 닫으며 하시는 말씀 "오늘은 굶을란다"
그깟 딸년 가슴에 못이 박히든 말든,
청상의 딸은 가슴에 못을 빼며 버릇처럼 저울질을 한다
오늘도 여지없이 한쪽으로 기울고 마는 저울질을

일상 타령

괴팍한 친정어머니를 모시고 사는 홀몸이어도 홀몸이
아닌 민자는
  영순 언니에게 털어놓는 팔자타령으로 화를 다스리고
  겉으론 둥근,
  열 권 정도의 소설을 가슴에 안고 사는 영순이는 정선
사는 언니에게 휭하니 다녀오는 걸로 헛헛한 속내 채우고
  산중에 홀로 사는 정선 언니는
  영탁이 노래 동무 삼아 독야청청한다는데

민국장 마트

오스바이오 1층 사무실 한편에 작은 슈퍼마켓이 있다
손이 가요 손이 가
과자는 골고루 다 있다
사무실에 오는 모든 사람은 무료로 맛볼 수 있는
아니 무조건 먹어야 하는
민국장 마트
자꾸만 손이 가는 그 맛에 이끌려 하루에도 몇 번씩 1
층에 들르곤 하는데
점심 저녁 약속은 며칠분이 다 예약되어 있는 듯
점심 약속 깜빡했다며 뛰어나가는 그의 등 뒤로
유월 뻐꾸기 울음소리 한가롭다
비싼 탈모 약도 각질 제거 비누도 선뜻선뜻 내어 주는
주고 싶어 안달하는 그의 나눔은 선천성일까
나눔은 공덕의 성벽을 쌓는 벽돌이라 했던가
그의 자손들은 백두산을 가도
울릉도를 가도
지리산 천황봉을 간다 해도 걱정 하나 없겠다
다만 한 가지
오늘도 아슬아슬 사모님의 헤픈 사랑 단속에 걸리지나
않았으면 좋겠다

사랑방 담소談笑

　개천절 기념식은 뒷전
　사랑방 동년배들 세월의 과녁 맞추기 게임은 살벌하다
　모닝커피를 후루룩 소리 내며 마시는 김 씨가 곱슬머리
인 나를 갸웃갸웃 탐색하며 한마디 건넨다
　자기는 아무래도 물 건너 온 유전자가 섞여 있나 봐
　왕족의 자손이라는 자부심으로 사셨던 아버님께 죄송
하기도 하여 작심의 칼날을 던진다
　그쪽도 이빨 보면 왜놈의 피가 흐르는 게 분명해
　옆에 있던 인상만 좋아 보이는 강 씨의 박장대소가 더
미워 칼 한 자루 더 던진다
　그러는 강 씨는 몽골이나 때놈 쪽이야

215 사장님

2월 15일
오늘이 자기 생일이라며 장난스럽게 웃는
웃음이 해바라기꽃보다 크다
사무실 전화와 본인의 핸드폰 끝자리도 215
자신의 이름만은 자랑스러워 그의 주변에 215라는 숫
자가 늘 따라다닌다
남들보다 큰 머리가 무거울 만도 한데
만나는 사람마다 먼저 머리를 숙인다
아니 허리를 반쯤 꺾는다
속이야 어떤지 모르겠지만 단 한 번도
안 되는 것 없는
얼굴 가득 긍정의 미소
사무실 현관의 신발장 편하게 눈높이 칸을
쓰라 해도 허리 숙이기 단련을 해야 한다며 맨 밑에 칸
을 쓴다
자신의 봉급은 챙겨 가지도 못하면서
여기저기 사회단체에 기부금을 내놓는
장거리 출장의 동반자 15년 된 차가
골골거리는 데도 연비가 좋다며
아직 *끄떡없단다*

사장실엔 회의 탁자 위에 노트북 하나가 전부
사무실보다 외근이 더 많은 사장
오늘도 영업하러 간다며 배웅 따위
필요 없다며 서둘러 나서는
그의 뒤를 쫓아가는 햇살이 참 맑다

이 여사의 봄날

살기 위해 나선 생활 전선

사모님 대신 노인 요양사가 되던 날 갓 시집온 색시처럼 그릇도 깨고 실수투성이었지만

누군가의 손길을 기다리는 노인들의 애처로운 눈동자를 보며

도울 수 있는 보람에 어깨가 펴졌다

코로나라는 지구상의 대이변인 돌림병에

가끔씩 찾아오던 가족들의 발길도 끊기고

마냥 창가 쪽에 시선을 두고 멍하니 앉아 있는 이들

하루하루 시들어져 가는 병든 몸과 맘

이들의 미소를 되찾아 줄 수 있는 건 없을까

신입 요양사 이 여사는 동요를 부르기 시작했다

목욕을 시켜 줄 때도 옷을 갈아입힐 때도

"뜸북뜸북 뜸북새 논에서 울고 뻐꾹뻐꾹 뻐꾹새 숲에서 울 때"

"엄마가 섬 그늘에 굴 따러 가면 아가가 혼자 남아 집을 보다가"

"개굴개굴 개구리 노래를 한다 아들 손자 며느리 다 모여서"

기억나는 모든 동요는 다 모아 부른다

어떤 이는 손뼉도 치고 어떤 이는 더덩실 어깨춤
멀게만 느껴지던 병든 노인들이
내게 모든 걸 다 내어 주고 가신 어머니 같고
호수 같은 맑은 눈매를 가진 어린아이와도 같다며
쭈글쭈글한 노인들의 볼에 부비부비
그깟 코로나 언젠가는 지나가겠지요
더 아프지만 마세요 즐거운 맘이면 다 이겨 낼 수 있어요
두 손 꼬옥 쥐어 주고 감싸 안아 주며
오늘도 이 여사는 봄날을 부른다

파꽃

처음이 아닌 듯
약초산방 정선 언니를 보자마자
왜 파꽃을 떠 올렸을까
사랑을 위해 사랑으로
내가 아닌 나를 위해 나를 불사른
소신공양의 삶
수만 개 생명의 씨를 품은
파랗고 하얀 속내의 꽃
머리 위로 피워 올리느라
속 텅 비어 있는,
보았다
그녀의 비껴가는 웃음
그 깊은 그늘 아래에서
홀로 피어 있는 파꽃
혼자지만 혼자이지 않은

어버이날

고맙습니다
수화기 넘어 건네 오는 며느리의 안부가 수만 볼트의 위
력으로 온몸을 저리게 한다
내가 해 준 게 뭐 있다고 맘에 안 들면 짜증 내고 토라
지고 퉁명스러운 말투가 전부였는데
고맙다고
아니다 아니다 해도
모든 게 고맙다고 무조건 고맙다고
내가 한 건 아무것도 없는데
이건 나 혼자 받을 인사가 아닌데
개량 한복 싼 것 해드려 미안하다고
다음엔 더 좋은 것 사 준다며
미안해하는 너
내가 오히려 고개가 숙여지는
못된 나를 돌아보게 해 준 네가
고맙고 감사하구나
오늘 흘리는 이 눈물
참 달다

배웅 길

한 살 위 처남
꿈속에서나마 레드 카펫 밟아 보긴 했는지
철부지 나이에 얻은 외동딸 홀어머니께 맡기고
세상을 무대로 여기저기 꿈 흩어 뿌리던 방랑의 세월
건달이라 불리울망정 비겁하게 살진 않았다지
의사의 시한부 선고 도리질하며 굽이굽이 물결 거슬러
오르는
연어처럼 저항의 몸부림 거셌는데
아빠 겁먹지 마
눈 한번 감으면 돼
그리고 눈 뜨면 돼
잠 한숨 잔다고 생각하면 돼
알았지 아빠?
아빠 걱정하지 마
아빠 무서워하지 마

유리창 사이 인터폰으로 전해지는 씩씩한 딸의 이별 메
시지
　메아리로 전해 들었는지
　움찔움찔 산소마스크 틈새로 보이는 입술
　하고픈 말 거친 숨이 막는다
　난 그저 떠나는 열차 넋 놓고 바라보며
　여동생 만나거든 안부나 전해 줘
　하려다 말았다

하늘 아래

너는 하늘 아래 또 하나의 하늘
한없이 높고 푸른 하늘
존재만으로 감사한 존재만으로 행복을 주는
너의 발아래 무릎 꿇고 머리 조아려
너의 말을
너의 뜻을 새겨들어야 한다
가슴으로 말하고 가슴으로 전해야 한다
네가 눈물지을 때 난 피눈물을 흘려야 한다
매는 나 자신에게 먼저
나무람은 나에게 먼저
이 간절함이 전해질 때까지
눈으로 말하고
가슴으로 전하고
내 눈을 바라볼 때까지
기다리고 기다리고 기다려야 한다
넌 누구의 소유물도 아니며 못 이룬 꿈 대신 이루어 주
는 아바타도 아니다
넌 모두에게 하늘 아래 또 하나의 하늘일 뿐

'어린이 날에' 부쳐

이상한 술병의 가르침

이 나이 넘도록 내 버릇 나도 못 고치고 사는데 나를
가르치려 하는 술병이 있다
십 년 이상 묵은 더덕주를 선물 받았다며 누이동생이
약주 삼아 한 잔씩 먹으라며 보내왔는데
수도꼭지가 달린 처음 보는 술병
겉으로 보기엔 기분 좋게 생겨놓고는
이 술병이란 물건이 수도꼭지를 틀면 잠그기 전까지 계
속 나오는 게 아니고
딱 소주잔으로 한 잔의 양만큼만 나오고 멈춘다
몇 번을 틀었다 잠갔다 하며 큰 컵 한 잔 정도 따라 마
시다 좀 양이 많은 듯하여 다시 부으려고 뚜껑을 열려 하
면 도저히 열리지 않는다
그러니까
맘대로 따를 수도 없거니와 남았다고 다시 부을 수도
없다
술병 부여잡고 용을 써 봐도 돌아앉은 돌부처다
가랑이 속에 끼워 아무리 힘을 써 봐도
모르쇠 모르쇠다
술병 보고 화를 낼 수도 없어 꿀꺽 참고 참아야 한다
이상한 술병
가르침을 주는 선생으로 잘 모셔 놓고 있다

기다리며

　일곱 살 손자 지훈이를 학원에 보내고 한 시간을 차 안에서 기다려야 한다
　에어컨 최고로 올리고 온라인 서핑을 한다
　모자도 벗어보고 구두도 벗어보고
　눈이 아프다
　들리지 않는 소음에 귀가 아프다
　한 시간 후
　달라지는 건 무얼까
　손자는 한글 한자를 더 알게 될 거고
　나는
　눈은 더 침침해지고 머리칼은 더 빠지고
　등은 더 휘어질 테고
　어디엔가 있을 저 블랙홀은 한 발자국 더 가까이 다가올 테고
　안 되겠다
　편의점 아이스 아메리카노에 달지 않는 비스킷으로
　맛나게 기다려보자

물방울 원피스 소녀

첫 만남
운명일 거란 믿음으로 한참을 찾아 헤매었지
가슴 속 화인으로 남아 있는
물방울 원피스 소녀의 사슴 눈망울
다시 만나려면 버스터미널에서 기다리라는 약속 한마
디에 몇 시간이고 서성이던 발길
날이 갈수록 상사화의 핏빛은 나를 불태웠고
수소문 끝에 찾아 낸 그녀의 소식은
오도 가도 못하는 섬에 갇혀 한동안 혼을 놓게 했다
나만의 골방 화폭에 담긴 선홍빛 추억
지금은 소록도에서 곱게 늙어가고 있을
물방울 원피스 소녀여
부디 꿈속에서라도 한번 다녀가시구료

▎고희를 바라보는 조카의 첫사랑 이야기

막내의 회갑 날

늦은 나이에 얻은 막내아들 아버지는 싱글벙글 어머니
는 부끄러워 배를 질끈 매고 다니셨다는
우리만 아는 전설 같은 이야기
바람 앞 촛불로 여기시던 어머니의 노심초사
오늘을 사는 양분이 되었으리
그래서일까 막내가 벼슬인 줄 알았다는 건
양친 부모 안 계신 세상에선 찬밥이라는 얘긴데
아니다 그게 아니다 형과 누나들이 너의 울타리인데
막내야말로 벼슬이지 아주 큰 벼슬이지
어머니 아버지 좋은 모습만 빼닮은 너 막내야
너만 생각하면 형과 누나들은 가슴이 먼저 뜨거워진다
외롭고 힘이 드는 날 있거들랑 하늘을 보라
변호사 손자 두었다고 자랑하고 계실 어머니에게
감사하고 고맙다고
훌륭한 아들만 둘 낳아 준 막내며느리 자랑에 바쁠 어
머니에게
미안하고 죄송하다고

우리 막내 금시계 찼네 손목에 난 점을 보시며 좋아하
시던 아버지에겐
  아버지 남겨 놓은 이승의 삶 더하여 살겠노라고
  좋아하는 술 절제만 한다면, 그 약속 헛되지 않으리
  아낌없는 응원의 박수 보내며 빌어 본다
  네가 거듭나는 회갑 날이기를

아픈 손가락

　강남 한복판에 살면서도 시골 아이처럼 순박함 그대로인 남매
　세연이는,
　감자를 캐며 주렁주렁 달린 감자알을 보며 가족이란 동시를 짓고 초콜릿보다 개피떡을 더 좋아하는 어른 입맛으로 날 놀라게 했지 지금은 카톡으로 할머니랑 수시로 안부를 전한다고
　지원이는,
　처음 보는 사람도 낯가림 없이 양팔 벌리며 품에 안기는 어릴 때부터 큰 그릇임을 보여 줬지 강남 할아버지가 낼 거니까 진돌이 할아버지는 해장국값도 내지 말라고 저금한 돈 더 모아서 말을 사 주겠다고 했지 그 말이 새끼를 낳으면 돈도 벌 수 있지 않겠냐며 사뭇 진지한 얼굴 지금은 사춘기가 되어 말수는 적어졌지만 언제고 그 깊은 눈빛은 지금도 나에겐 크나큰 위로
　서울 사람들은 흙내 난다고 꺼리는 초정천연사이다를 좋아하는 남매

괜찮아, 누이야 남몰래 돌아앉아 아픈 손가락 호호 불
필요 없어

살다 보면 누구에게나 넘어야 하는 크고 작은 언덕들
힘에 겹지만 시간과 함께라면 넘길 수 있어

누이의 그 깊은 미소로 한 번 더 안아주고 보듬어 주면
뿌리 깊은 나무 되어 어떠한 바람에도 흔들리지 않는 큰
나무가 되리니

피아노의 시인

월리엄 윤, 너에게도 풀잎 같던 시절 있었지

지금은 땡볕을 가려주는 아름드리나무가 되어 그늘을 드리우고 있지만

그랜드피아노의 건반을 두드리는 건 나뭇잎을 흔드는 신령한 바람

마디마디 너무 아파 흔적 없이 부서지는 몸과 맘을 달래주는 웅장한 음의 파동

소리가 소리를 만나 나만의 소리를 지우고 우리의 소리로 다시 태어나 아픔을 치유하는구나

가슴을 파고드는 울림 그래서 피아노 시인이라 했던가

때론 작두날을 타듯 일필휘지 붓글씨를 쓰듯

바람과 물 햇빛까지 살아 있는 세상의 모든 기운을 모아

너의 손끝, 너의 맑은 영에서 빚어지는 피아노 연주

소리 아닌 빛으로 음악이 아닌 그림으로 우주 만상을 깨우고 잠재우는 신의 음성으로 더하고 합하고 깨우고 달래는 자연의 소리로 탁한 영혼을 씻겨 주고 다독여 주는구나

생일 기념으로 함께 한 산티아고 걷기가 끝나던 날 엄마는 나한테 궁금한 거 없어 왜 한마디도 안 물어 봐 했다고

그건 말이다 묻고 싶은 게 많아서일 거야 어린 나이에 부모 곁을 떠나 사십이 넘도록 피아노만 사랑하며 사는 게 첫 번째일 테고,

윌리엄 윤 : 윤홍천(생질) 일명 '피아노의 시인'이라 불리는 독일의 유명 피아니스트, 유럽을 주 무대로 활발한 활동 중

손 편지

아들은 생각만으로도 미더워 얼굴이 환해지곤 한다
내게는 없는 느긋함
천둥 번개가 쳐도 동요하지 않는 평상심의 미소
강 같은 평화를 지닌 너의 성품은 엄마의 우월한 유전
자일 터
다행이다 세상 끝날까지 그래야 한다
누구보다 현명한 며느리 있어 더욱 든든하다
딸의 나이 마흔이 넘었지만 내게는 영원한 공주
약하게 태어난 게 내 탓 같아 평정심을 흔들리게도 하
지만
건강하고 행복하게 사는 모습 보는 게 지상 최대의 소망
아장아장 걸음마 할 때였다
까만 염소똥이 이쁘게 보였는지 보석 같아 보였는지 고
사리손 가득 쥐어왔었지
모으고 쌓아 두는 부자가 될 소질이 있었던 걸까
부자 되어 넉넉하게 살면 좋지 이웃과 나누며 살면 더
좋지
그래서 아빠가 가난하게 살게 했던 엄마 기쁘게 해 주렴
무엇보다 마음의 부자로 사는 게 우선이며 최고
노파심으로 자꾸 끼어드는 나를
만능 엔지니어 사위는 미워할까 고마워할까

너희가 뿌린 인생의 씨앗 가꾸기 게을리하지 마라

손자 '김태현 타데오, 김태운 베드로, 외손자 박지훈 야고보, 박지호 안드레아'의 뒷바라지

너희들 삶에서 가장 중요한 역할이기도 하니 즐거운 맘으로 지혜를 모아 슬기로운 엄마 아빠가 되어 주기를

마지막은 또 다른 시작이니 슬퍼하거나 아쉬워 마라

흠도 많지만 나름대로 멋진 삶이었다

너희들 있어 너무나 행복했다

사는 날까지 나의 두 발로 걸으며 내 손으로 밥을 먹고 내 손으로 몸을 씻으며 깨끗이 살다 가고 싶은 게 소망이지만,

앞으로 십 년 정도 그럴 수 있게 해 달라고 청원기도 드리며 하루하루 감사하며 살 거다

혹시라도 내 정신이 어두워지거든 지저분한 노인으로 끝나지 않도록 아빠의 자존심을 꼭 지켜 주길 바란다

그다음 모든 일은 너희들이 알아서 하거라

내 항상 그래왔듯이 너희들 편한 게 우선이니 나로 인해 짐스러워 말기를

너희들 편하면 그걸로 만사 오케이다

가진 것은 없다 이게 너희에게 남기는 유산의 전부다

'오스바이오' 시니어 그룹

　　신중년 일터에서 만난 시니어들

　　모두 명함만 보면 눈이 부시다

　　회계학의 대가인 '스몰' 이 박사를 처음 보던 날 제갈량과 조조, 한명회가 떠올랐다 태어난 날, 호적에 올린 날, 암 수술 받고 퇴원 한 날까지 세 번의 생일을 해 먹는다는 자식 농사 또한 대박이어서 세상 부러울 게 없을 것 같은 사람

　　글로벌 경제학자인 글로벌다운 풍채를 지닌 '라지' 이 박사 바리톤의 성악가다운 우렁찬 목소리 강의실엔 조는 학생이 하나도 없었다는 그의 혜안은 보석처럼 먼 데 있어도 빛을 발한다

　　중앙정부의 고위직을 지낸 영국 신사라는 별명을 가진 이 청장 외국 근무를 많이 해서인가 고명딸 하나 국제결혼으로 멀리 떨어져 있는 게 늘 아쉽다

전화벨이 끊일 새 없는 마당발 민 국장은 행정의 달
인으로 여기저기 불려 다니고 베풀고 사느라 늙을 틈이
없다
　세상에 모르는 것도 못 하는 것도 없는 한국판 맥가이
버 깐깐한 김 소장의 본업은 생명산업의 전문가
　한번 자리에 앉으면 일어날 줄 모르는 은근과 끈기의
달인 공학박사 김 교수의 동요 없는 선비의 몸가짐은 존
경의 눈으로 올려다보게 한다
　평생 복잡하게 살았으니 단순하게 삽시다
　평생 앉아 일했으니 서서 일합시다
　'오스바이오' 효자 상품인 굴비 포장에 열심인
　황혼 길에 만난 참스승들

장손의 어깨

조상들 한꺼번에 정리해서 납골당에 모신다는 걸
벌초는 물론이고 묘지 관리는 삼촌들이 할 테니 그냥
둬라 했지
몇 해가 지난 지금 막내가 예순이 훨씬 넘었으니 노인
들이 된 형들이 벌초하기란 여간 버거운 게 아니었다
"지난주에 산소 가서 풀 깎아 놨어요 봉분이나 조금 손
보면 될 거 같아요"
앉은 자리에 먼지 하나 없어야 하는 산천초목을 떨게
했던 호랑이 큰 형님이 아들 하나는 잘 두셨다
가지 많은 나무 바람 잘 날 없는 우리 집안의 장손
경우 밝은 거 빼고는 속이 깊고 너른 게 큰 형님하고는
사뭇 다르다
철부지 때부터 철이 들었는가 싶더니
장손은 하늘이 내려 주는 모양이다

평론

No.

10×20

自我 發見 성찰과 서정적 사유

박종래 (시인·문학평론가)

詩는 자신의 마음 닦는 거울이라 한다. 그러기에 시를 계속 빚는 것은 그만큼 자신의 내면적 거울을 자주 닦고 있는 것이 아닐까. 시상에 젖어 자주 쓸수록 인간의 이성 작용이 깊어지며 내면의 사유가 심오해지며 서정의 사유가 접철되는 것이라고 본다.

김우배 시인은 이미 『새텃말 돌배나무꽃』『바람언덕 꽃잎편지』『그녀의 여행 가방』 제 3집을 펴낸 중견시인이다. 이번에 세상에 빛을 보게 된 『문 앞에서』까지, 사랑과 이별, 기쁨과 아픔을 달팽이 해우소 가듯 느린 곡조로 노래한 것들이 대부분이라고 자청한다.

마지막 고백의 사유라고 "문 앞에서'를 상재했다. 바로 자아발견 적 성찰과 서정의 사유가 아닐까 싶다. 시는 심연 속으로 빠져 들수록 그 무엇인가 알 듯 모를 듯 되래 어려워진다고 한다. 퇴고와 사유가 깊어지고 때론 고통스러워지기도 하는 것이다. 그것은 깊디깊은 우물에서 맑은 감로수를 詩라는 두레박으로 길어 올리듯 옥고가 탄생되기 위함인 것이다.

이번의 "문 앞에서"의 작품은 '득음의 여진, 노을에 대한 고찰, 닫힌 문 앞에서, 강 건너 사람들. 인 4부로 나뉜다.

각 부에서 눈이 가는 것 몇 편을 골라 나름대로 살펴보는데, 제대로 평할 수 있는 것은 아닐 것이다. 어디까지나 피와 땀으로 빚어낸 저자의 깊은 뜻에 가까이 다가가 공감대 형성이 되었으면 하는 바람이다.

어쩌다 스친 속살도 내 살로 느껴지는
강요로 시작한
변기에 앉아 볼일 보는 것도 길이 들었는데
없는 듯 있는 듯 지내다가도 없으면 찾게 되는
가려운 구석구석 잘도 알아 긁어주는 사람
버릴 게 더 많은 나를 아직도 포기하지 않은
잔소리로만 들리는 당신의 가르침
이제는 노엽지 않게 들리는데
웃음소리 대신 신음 소리를 자주 내는
설거지하는 뒷모습이 거룩하게 굽어 있구려
전쟁터 같았던 지난날 폐허 속에 뒹구는 기억들
원두커피처럼 쓰긴 해도 향으로 마십니다
잠자리가 앉아 있는 저편 울타리에
둥근 호박이 노을빛으로 익어 가고 있네요

- 「해로偕老 1」 전문

결혼하여 한평생 희로애락을 맛보며 함께 늙어가는 것은 어쩌면 복이 아닐까. 일찍 한쪽을 사별하는 경우가 있는 것을 주변에서 볼 때 비교하면 자체가 福일 것이다. 늘 옆에서 지켜주는 상대를 일컬어 옆지기라고 한다. 옆지기는 배우자 또는 반려자를 예스럽고 정겹게 표현하는 말이다.

'어쩌다 스친 속살도 내 살로 느껴지는/강요로 시작한//변기에 앉아 볼일 보는 것도 길이 들었는데/없는 듯 있는 듯 지내다가도 없으면 찾게 되는/가려운 구석구석 잘도 알아 긁어주는 사람' 옆에 있을 땐 무심하다가도 정작 없으면 바로 찾게 되는 미운 정 고운 정의 상대 옆지기가 이제 '웃음소리 대신/ 신음소리를 자주 내는/설거지하는 뒷모습이 거룩하게 굽어 있구려' 남편과 자식들을 위해 음식을 만들고, 이어 설거지까지 하는 뒷모습을 바라보며 '거룩하게 굽어 있구려' 한마디로 仁義禮智 가운데 仁에서 우러나오는 측은지심이 돋아난다. 굽어진 등을 무심코 바라보며 자신은 그 모습이 한없이 거룩하게 느껴졌을 것이다.

'잠자리가 앉아 있는 저편 울타리에 둥근 호박이 노을빛으로 익어 가고 있네요' 라고 참다운 황혼연못을 멋지고 흐뭇하게 그려내는 문장이 멋지다.

뜨건 대지를 두드리는 여름날 빗줄기

같은,

내게 하고 싶은 말이 있었던 걸까

가던 길 뒤돌아

소곤소곤 가만가만 조근조근

뒷모습만 보이는 나를 향해

팔이 저리도록 손짓하다

끝내

저렇게 유리창을 두드리며

나뭇잎을 흔들며

초록의 숲 온몸이 뒤틀리도록

그래도 돌아보지 않는 내가

못내 안타까워 흘리는

내가 보지 못했던 눈물일까

아니다

아니다

수선화를 바라보다가

속절없이 봄비에 젖는 수선화

근심 가득 바라보다

가슴 깊은 곳에서 솟구치는

때늦은 내 눈물이려니

– 「봄비」 전문

겨우내 움츠리고 각질 끼었던 대지와 나무들, 봄비가

내린다. 보슬보슬 오는 것이 아니라 여름날 빗줄기 같은 굵은 빗줄기가 온대지를 샤워시키듯 쏟아진다고 했다. 소곤소곤 가만가만 조근조근 의성어, 의태어를 넣어 비의 소리를 맛보게 한다.

봄비를 자신의 눈물과 빗대어 표현해 본다.

사람을 의인화해서 수선화라고 빗대어 표현했다면 그는 여성, 바로 한평생 같이 살며 함께 늙어가는 옆지기일 것이다.

밤을 밝히는 풀벌레 소리 점점
요즘 들어 내 목소리 커져 가는 건
귀가 어두워지는 까닭일까
내 안의 소리는
무시로 철로 위를 달리는 열차
소리를 소리로 지우려
오디오 볼륨을 키우지 않아도 되겠다
풀벌레 소리쯤 자장가다
일출보다 일몰이
봄보다 가을이
한낮의 태양보다 나무에 걸친 저 달이
더 따스한 걸
험한 고갯길
멀지라도 허리춤 빙 둘러 가자
스며드는 아픈 그리움이야

어쩌겠는가

- 「시월에」 전문

　가을이 무르익은 정점의 시월이 오면 감정의 동물이라 일컬은 사람은 센티멘털리즘에 빠지게 된다. 특히 사색의 작품 활동을 하는 이들에게 많이 생긴다고 한다. 사람의 감성은 젊었을 때는 일출을 좋아한다. 그러나 나이가 들고 지천명을 넘어서면 서서히 일몰을 좋아하게 된다고 한다.

　화자인 김우배 시인도 마찬가지이리라. 서산마루에 걸린 해님을 바라보면 자신의 인생과 유추시키게 된다. 따라서 동질감이 발생하고 그에 따른 욕심들이 줄어들기 때문이다.

　'밤을 밝히는 풀벌레 소리 점점/요즘 들어 내 목소리 커져 가는 건/귀가 어두워지는 까닭일까'긴 밤 지새우는 무서리내리는 때가 되면 귀뚜라미 소리에 사색에 빠지고 귀가 약해지면 목소리가 커진다고 한다.

　'일출보다 일몰이/봄보다 가을이/한낮의 태양보다 나무에 걸친 저 달이/더 따스한 걸/험한 고갯길/멀지라도 허리춤 빙 둘러가자' 이순이 지난 화자는 일출보다 일몰을 좋아하게 되고 생동의 봄 보다는 결실의 가을을, 희망의 태양보다는 그리움의 달에 더 끌리게 되는 지난 것에 대한 아쉬움, 무언가 정리해가는 심리적 요소일 것이다. 이는 태동의 해보다는 맺음의 가을을 선호하게 되는 인간의 축적된 삶의 본질과 무언가 떠날 준비를 하는 마음의 자세이기도 한다.

창가로 돌아눕기만 하면
한눈에 들어오는 풍경
안개강
기억의 여울 스멀스멀
머리맡까지 적시다가
코끝까지 와 출렁인다
내 힘으로 일어나 물을 끓이고
아침을 맞이하기 위해 손을 씻는다
어제와 같지만 또 다른
하루의 기적을 주신 절대자에게
무언가 보답하고 싶어 서성이다
커피 대신 목련꽃 차를 준비한다
아 이것은 나도 어쩌지 못하는
원죄의 향
내 입술이 먼저 찻잔에 닿는다

– 「목련꽃 차를 마시며」 전문

커피 대신 목련꽃차를 마신다고 하는 화자는 특별한

이유가 있는 것인가 보다.

'창가로 돌아눕기만 하면/한눈에 들어오는 풍경/안개 강/기억의 여울 스멀스멀/머리맡까지 적시다가/코끝까지 와 출렁인다/내 힘으로 일어나 물을 끓이고/아침을 맞이하기 위해 손을 씻는다' 눈앞 창가에 내려다보이는 안개 낀 강, 스멀스멀 머리 속까지 파고들다 코끝까지 와 출렁인다고 했다. 스스로 일어나 다기에 물을 끓이고 여명 지난 아침을 맞이하기 위한 정갈한 준비를 한다. 바로 손을 씻는다. '하루의 기적을 주신 절대자에게/무언가 보답하고 싶어 서성이다/커피 대신 목련꽃 차를 준비한다' 이른 아침에 정성들여 온도에 맞게 찻물을 끓이고 목련찻잎을 넣는 것은 그만큼 아침의 맑고 깨끗한 마음을 갖기 위함일 것이다.

제조된 흔한 커피를 타 먹는 것 하고는 차원이 다르다. 순백의 마른 꽃잎은 마음이고, 달이는 것은 자신의 그 마음을 깨끗하고 깔끔하게 순화시키는 것이리라.

네게 전하고 싶었던

속으로 삭힌 사랑

생의 끄트머리 홀로

끝내 꽃이 된 영혼으로 피었다가

이제는 내려놓고 비워두고

훨훨

미련도 없다 후회도 없다
정처 없이 떠나는 날갯짓

- 「낙엽」 전문

참고 버티고 이겨냈던 나무는 인동忍冬이 지나 봄을 맞이한다. 서서히 뿌리에서 잔가지에 이르기까지 자양분을 끌어올린다. 이어 가지마다 싹을 틔우기 시작한다.

'네게 전하고 싶었던/속으로 삭힌 사랑/생의 끄트머리 홀로/끝내 꽃이 된 영혼으로 피었다가' 낙엽은 그렇게 시작된다. 인간의 순한 이치나 도리와 같은 것이다. '이제는 내려놓고 비워두고 /훨훨/미련도 없다 후회도 없다/정처 없이 떠나는 날갯짓' 그렇게 꽃눈 부풀어 올라 끊임없이 탄소동화작용을 시작한다. 이어 여린 연녹색 떡잎에서 짙푸른 큰 떡잎으로 우산 양산처럼 펼친다. 그늘을 만들어주고 비바람 손수 맞아가며 막아준다. 때론 배고파하는 벌레에게 제 팔 다리 허파까지 내어준다. 끝내 온몸에 오색치장으로 중생의 눈과 마음을 흥미롭게 한다. 이어 미련 없이 후회 없이 낙엽이 되어 지상으로 내려온다. 결국엔 뿌리 곁으로 와 제 몸 삭혀 자양분이 되는 것이다. 그리고 또 내년의 봄을 기다리는 인동忍冬으로 들어간다. 이러한 과정은 윤회사상에 젖은 인간의 삶과 동일하여 유추해 본다.

구르몽의 시 '낙엽'이 떠오른다.

'시몬 너는 아느냐 낙엽 밟는 소리가' …

슬하에 아들 둘에 딸 둘

아들 타령하다 남은 재산 아들에게 모두 넘겨주고

기력 없어진 지금은 천덕꾸러기로 키운 막내딸 의지하며 산다 지
척에 산다는 이유로 아침이면 일어나 딸 집으로 밥 먹으러 가신
다 어쩌다 입에 맞는 밥상 차려주면 잘 먹었다 한마디 던져 주지
만 그렇지 않은 날은 뒤도 돌아보지 않고 문 꽝 닫으며 하시는 말
씀 "오늘은 굶을란다"

그깟 딸년 가슴에 못이 박히든 말든,

청상의 딸은 가슴에 못을 빼며 버릇처럼 저울질을 한다

오늘도 여지없이 한쪽으로 기울고 마는 저울질을

－「저울질」 전문

불과 50년 전만 해도 우리나라는 남존여비, 남아선호
사상에 빠져있었다.

아들은 빚을 내서라도 공부시키려 했고 딸은 희생양이
되어 학교공부 제대로 못하고 학교도 고작 초등학교, 중학
교가 최종학력이 허다했다. 시골에선 당시 의무교육도 못
하는 집안이 수두룩했다. 임금도 남성이 훨씬 높았었다.

그래서 집안의 장남은 집안의 꿈이었고 막둥이 아들의

경우 제대로 공부를 시키지 못했다. 집안의 가업을 이어받아 농경사회 시대라 농업이 유난히 그랬겠지만 어업도 마찬가지였다. 그러나 생존경쟁의 시대에 도시로 간 아들이라 한들 성공의 예가 드물었고 도시의 처가를 비위나 눈치 보기에 급급해 실재로 고향의 노부모들에게는 소홀했을 것이다. 막내는 배우지 못하고 부모 곁에서 농사일이나 가업을 이어받아 수입 없는 고생을 한 집안으로 효자 아닌 효자가 된 집안들이 더러 있었다.

'슬하에 아들 둘에 딸 둘/ 아들 타령하다 남은 재산 아들에게 모두 넘겨주고/기력 없어진 지금은 천덕꾸러기로 키운/막내딸 의지하며 산다/ 지척에 산다는 이유로 아침이면 일어나/ 딸 집으로 밥 먹으러 가신다/ 어쩌다 입에 맞는 밥상 차려주면 잘 먹었다' 이 산문형 시를 살펴보면 아들 타령에 도시로 간 두 아들은 생존경쟁의 도시에서 자리 잡아 살고, 애꿎은 천덕꾸러기로 키운 딸에게 지척에 산다는 이유로 신세를 지고도 칭찬도 인색하다. 잘못한 것만 서운해 하는 부모의 전형적인 모습이다.

시대는 이미 달라졌다. 여성은 나이가 들어도 직장이 쉽게 구해지고 잘나가던 직장의 남성은 퇴임한 뒤 인생이모작으로 노력하려 한다. 그러나 사회구조는 이미 여성상위 시대로 탈바꿈되어 남성의 설 자리는 줄어든 지 오래다.

밥반찬이 시원찮다고 "오늘은 굶을란다"되래 타박하는

모습에서 그깟 딸년은 가슴에 한이 서려 못이 박히든 말든, 홀로 자식들 키우며 살아가는 청상의 딸에게 오늘도 여지없이 한쪽으로 기울고 마는 저울질을, 진짜 대우받아야 할 아들들에게선 눈밖에 있는 모습이 어긋나있는 저울질에서 처연한 느낌이 든다.

김우배 시인은 서정적인 운율의 글발과, 뒷부분의 스토리 형 서사적인 글이 그런대로 어울려서 맛있게 상재된 시집이다. 시의 특질은 사물을 보는 사고력과 그냥 지나치지 않은 일상에서 느끼는 판단과 예리함이 있다. 몇 번의 시집을 상재해 노련한 문필력, 인생과 철학이 있고, 삶의 애환이 배어있다. 또한 이 시집으로 인해 설핏 자신의 넋두리 같은 글로 보일 수 있지만 많은 독자들의 마음과 공감대 형성이 되려고 한 흔적이 곳곳에 남아있다. 긴 여정의 삶 속에서 발효된 나름의 인생 담론이 시 전반에 걸쳐 포진되어 있어 화자의 詩力과 歷이 배어있다.

앞으로 변함없이 도심의 혼탁한 사회의 지적과 목가적 운율로 녹여낸 좋은 글을 상재하길 기대한다. 건안 건필하시길 기원한다.